KB249828

너무 많은 입

너무 많은 입

천 양 희 시 집

창비

차례

제1부 ___

구르는 돌은 둥글다 010

마음의 달 011

물결무늬고둥 012

시인은 시적으로 지상에 산다 014

뒤편 015

바람편지 016

너무 많은 입 017

어떤 일생 018

오래 젖은 집 020

산에 대한 생각 022

그 자리 024

썩은 풀 025

배경이 되다 026

마들은 없다 028

뒷길 030

소나기 033

스카이 아파트 034

수락시편 036

마들에서 광화문까지 038

제2부

물가에서의 하루 040

대대포에 들다 042

간절곶 043

고하리 길 044

가시나무 046

목이 긴 새 047

물에게 길을 묻다 2 048

마음의 경계 050

행운목이라는 나무 052

지루한 날 054

물에게 길을 묻다 3 056

파지 058

마음의 지진 060

노선 061

이름 062

바람을 맞다 063

머금다 064

천사의 시 065

다문이 066

카멜레온 068

소리꾼 069

노을 시편 070

좋은 날 071

제3부

옷 입다 생각하니 074

희망이 완창이다 075

도공 시(詩) 076

눈물 078

구멍 079

이상난동 080

자화상 082

운명 083

사의 찬미 084

부르는 소리 086

꽃피는 아이 087

다시 한자리 088

저 달을 들어내면 090

시인의 말 091

별자리 092

전업시인 094

그의 말 095

상일동 아침 096

교감 097

시인이 되려면 098

그림자 099

등산과 입산 100

벽 101

최고봉 102

1년 103

벌새가 사는 법 104

해설 | 엄경희 105

시인의 말 125

제1부

구르는 돌은 둥글다

조약돌 줍다 본다 물속이 대낮 같다
물에도 힘이 있어 돌을 굴린 탓이다
구르는 것들은 모서리가 없어 모서리
없는 것들이 나는 무섭다 이리저리
구르는 것들이 더 무섭다 돌도 한자리
못 앉아 구를 때 깊이 잠긴다 물먹은
속이 돌보다 단단해 돌을 던지며
돌을 맞으며 사는 게 삶이다 돌을
맞아본 사람들은 안다 물을 삼킨 듯
단단해진 돌들 돌은 언제나 뒤에서
날아온다 날아라 돌아, 내 너를
힘껏 던지고야 말겠다

마음의 달

가시나무 울타리에 달빛 한 채 걸려 있습니다
마음이 또 생각 끝에 저뭅니다
망초(忘草) 꽃까지 다 피어나
들판 한쪽이 기울 것 같은 보름밤입니다
달빛이 너무 환해서
나는 그만 어둠을 내려놓았습니다
둥글게 살지 못한 사람들이
달보고 자꾸 절을 합니다
바라보는 것이 바라는 만큼이나 간절합니다
무엇엔가 찔려본 사람들은 알 것입니다
달도 때로 빛이 꺾인다는 것을
한달도 반 꺾이면 보름이듯이
꺾어지는 것은 무릎이 아니라 마음입니다
마음을 들고 달빛 아래 섰습니다
들숨 속으로 들어온 달이
마음속에 떴습니다
달빛이 가시나무 울타리를 넘어설 무렵
마음은 벌써 보름달입니다

물결무늬고둥

잔물결 속에 고둥이 굴러다닌다
들어보니
속이 텅 비었다
그 속에 집게가 들어가 살고 있다
껍질뿐인 고둥을 굴리고 있다
그걸 오래 들여다본다

문득 이게 나라는 생각

나는 살아서도 구른다
구르면서도 산다

구를 때마다
몸속의 어둠이 터져나온다
그때마다
텅 빈 몸이 텅텅거린다
잔물결이

껍질뿐인 고둥을 굴리듯이
오랫동안

시인은 시적으로 지상에 산다

원고료도 주지 않는 잡지에 시를 주면서
정신이 밥 먹여주는 세상을 꿈꾸면서
아직도 빛나는 건 별과 시뿐이라고 생각하면서
제 숟가락으로 제 생을 파먹으면서
발 빠른 세상에서 게으름과 느림을 찬양하면서
냉정한 시에게 순정을 바치면서 운명을 걸면서
아무나 말할 수 없는 것들을 말하면서
새소리를 듣다가도 '오늘 아침 나는 책을 읽었다'*고 책
상을 치면서
시인은 시적으로 지상에 산다

시적인 삶에 대해 쓰고 있는 동안
어느 시인처럼 나도 무지하게 땀이 났다

* 연암 박지원의 글 「답경지(答京之)」에서.

뒤편

성당의 종소리 끝없이 울려퍼진다
저 소리 뒤편에는
무수한 기도문이 박혀 있을 것이다

백화점 마네킹 앞모습이 화려하다
저 모습 뒤편에는
무수한 시침이 꽂혀 있을 것이다

뒤편이 없다면 생의 곡선도 없을 것이다

바람편지

잠시 눈감고
바람소리 들어보렴
간절한 것들은 다 바람이 되었단다
내 바람은 네 바람과 다를지 몰라
바람 속에서 바라보는 세상이
바람처럼 떨린다
바라건대
너무 헐렁한 바람구두는 신지 마라
그 바람에 걸려 사람들이 넘어진다

두고 봐라
곧은 나무도
바람 앞에서 떤다, 떨린다

너무 많은 입

재잘나무 잎들이 촘촘하다 나무 사이로 새들이
재잘댄다 잎들이 많고 입들이 너무 많다

이(李) 시인은
마흔살이 되자
나의 입은 문득 사라졌다
어쩌면 좋담,이라 쓰고 있다
그런데 어쩌면 좋담
쉰살이 되어도 나의 입은
문득 사라지지 않고
목쉰 나팔이 되어버렸다
어쩌면 좋담?

다릅나무 잎들이 촘촘하다 나무 사이로 새들이
다른 소리를 낸다 잎들이 다르고 입들이 너무 다르다

어떤 일생

부판(蝜蝂)이라는 벌레가 있는데 이 벌레는 짐 지고
다니는 것을 좋아한다는데 무엇이든 등에 지려고 한다
는데 무거운
짐 때문에 더이상 걸을 수 없을 때 짐을 내려주면 다시
일어나
또다른 짐을 진다는데 짐 지고 높이 올라가는 것을 좋
아한다는데
평생 짐만 지고 올라간다는데 올라가다 떨어져 죽는다
는데

히스테리아 시베리아나라는 병이 있는데 이 병은 시베
리아
농부들이 걸리는 병이라는데 날마다 똑같은 일을 반복
하다
더이상 견딜 수 없을 때 곡괭이를 팽개치고 지평선을
향해
서쪽으로 서쪽으로 걸어간다는데 걸어가다 어느 순간

걸음을
　뚝, 멈춘다는데 걸음을 멈춘 순간 밭고랑에 쓰러져 죽
는다는데

　오르다 말고 걸어가다 마는 어떤 일생

오래 젖은 집

비 오는 날입니다 골목이 수런대면서 집들이
들썩거립니다 지붕은 입을 다물고 물끄러미
마당을 내려다봅니다 십년을 살던 집 집들이
오래 그늘을 늘이고 사람들의 마음이 어둑해
있습니다 근심 많은 것들의 하루가 길어집니다 이제
어디에 머물든 두렵지 않습니다 아직 산정에 닿지 못한
사람들이 언덕을 쓸며 지나갑니다 한때의 푸른 잎들
　피었던 거 다 어디로 쓸렸는지 몸 한쪽이 기우뚱합니
다 능선 따라
　가는 산길 높았으나 하산하는 물길 낮습니다 오늘까지
우릴
　지켜준 건 나무처럼 곧은 마음이었습니다 슬픔도 견뎌
내면
　어려움 속에서도 힘이 된다는 걸 아는 자 있을
　것입니다 절벽을 타고 내려오는 바람소리 골짜기만큼
　깊어집니다 제 속에다 간절함을 품은 까닭입니다 묵묵한
　바위들은 비에 젖은 생을 모를 것입니다 나는 빗소리

한 줄 당겨놓고 기다립니다 제 생(生) 볕 들기 기다리는 것이
너무 오래 젖은 집일 것입니다
　비 오는 날입니다 젖은 집들 위로 하늘이 조금
밝아지고 있습니다 아직 해야 할 일
남아 있기 때문입니다

산에 대한 생각

바람이 분다 숲에서 어린 새들이 달려나온다 길 잃을라

넘어질라 산은 가슴이 조마조마 발끝이 들리고 눈은
먼 데를

본다 산을 보고 있으면 자식 걱정이 태산 같던 부모 생
각이

난다 새들은 자라 산을 떠날 테지만 새끼를 품은 산은
숲을

키우고 오솔길 만든다 숲을 산의 상징이라 말한 사람
이 누구였나

새끼를 어미의 은유라 말한 이는 또 누구였나 세상의
모든 산들

새끼들 불멸의 명작들일까요 왜 산들은 볼 때마다 무
진장

감동을 주며 왜 새끼들은 품을 때마다 가슴 저리는지
나는

지금 서툰 문장으로 감상문을 쓸 수가 없다 바람이 내

머리를 띠잉, 치고 간다 번쩍 제정신이 든다 숲이 뭉

크의

　「절규」처럼 어두워진다 나도 절규할 수 있는 사람이다
산 너머

　송전탑이 웅웅거린다 밤이 깊다

그 자리

욱아, 들어보렴 참나무가 욱욱거리며 강물에 떠내려가
는구나
세상에서 제일 잘났다고 뽐내던 참나무가 그까짓
바람쯤이야 그까짓 비쯤이야 하던 나무가 참, 나무가
아니었구나 올라갈 줄 모르는 물 속에서 허우적대며
내려가는구나 자존심은 돌멩이처럼 굴러 곤두박질치
는구나
꿍, 꿍꿍 갈대밭을 지날 무렵 참나무는
더욱 욱욱거리는구나 그까짓 갈대쯤이야 비웃던 갈대
들이
쓰러지지 않았구나 바람에 날리는
갈대가 그 자리에 있었구나 욱아, 들어보렴
갈대는 바람이 불 때마다 고개를 숙였다는구나
고개를 숙이는 자에게 바람은 그냥 지나간다는구나
그렇다는구나

썩은 풀

썩은 흙에서 풀이 돋고
썩은 풀이 반딧불을 키운다
썩은 것이 저렇게 살다니
썩은 풀의 공양!
썩고 썩은 풀이여, 마음은
너무 빨리 거름이 되는구나
나는 아직
속 썩은 인간으로 냄새를 풍긴다
풀밭은 또 저만치서
썩은 풀 키운다

나에게 썩은 것이 있다면
썩지 않아도
살 수 있다는 것이다

배경이 되다

새벽이 언제 올지 몰라 모든 문 다 열어놓는다고
그가 말했을 때 꿈꿀 수 있다면 아직 살아 있는 것이
라고
내가 말했다
나에게만 중요한 게 무슨 의미냐고
내가 말했을 때 어둠을 물리치려고 애쓴다고
그가 말했다
생각의 끝은 늘 단애라고
그가 말했을 때 꽃은 나무의 상부에 피는 것이라고
내가 말했다
세상에 무늬가 없는 돌은 없다고
내가 말했을 때 나이테 없는 나무는 없다고
그가 말했다
바람이 고요하면 물결도 편안하다고
그가 말했을 때 산은 강을 넘지 못한다고
내가 말했다

더이상 할말이 없을 때
우리는 서로의 배경이 되었다

마들은 없다

마들 상가 뒤쪽을 몇바퀴 돌았다
빌딩숲에서 길 잃은 말처럼 돌아 나오며
나는 잠시 두리번거린다
들판은 어느 쪽일까 방향을 몰라
주택공사 앞 계단 아래, 말뚝처럼 서서
말 울음소리 들리는 듯 귀를 세운다 비 오는 저물녘
헐한 저녁이 내 허공을 꽉 채운다
저 빗소리 저 어둠도 오래 내릴 들판이 있던가
고위층처럼 뽐내는 고층 빌딩들
공중에다 몰래 제 속을 허문다
차들에 밀려 마들은 한쪽으로 기울고
말발굽 소리 언제 내 가슴 들이받고 사라져버렸다
나는 말이 뛰놀던 들에 대해 생각해보았다
지나간 것은 지나가버려 아득하고
들판 너머 마을이 멀다
옛 들판 옛 바람 돌이킬 수 없어
말보다 들이 무섭다며 사람들이 마들을 빠져나간다

있다가도 없는 게 생(生)이다, 마들이여
나는 너에게 줄 야마(野馬)*도 없는데
내 생각은 말의 안장처럼 세월 위에 얹힌다
누가 나에게 사는 일 깨닫게 하려고 나쁜 일도 주는 걸까
어딘가 들판 그리운 사람 있을 듯
헐렁한 내 신발은 아직 집 밖에 있다
여기서 마들 찾을 길 없고 이 길 한쪽에서
생각나는 것은 우리의 생이 그렇듯
마들이 말의 들인 줄 모르고 모르므로
이제 마들은 없다

* 아지랑이를 뜻함.

뒷길

뒷길은 뒤에 가기로 하고 앞길을 먼저 따라갔습니다 샛길을 끼고

앞으로 앞으로만 나아갔습니다 길은 몇갈래 가다가 멈춘 길도

있었습니다 다른 곳에 가고 싶은…… 마음이 먼저 지평선 하날 당겨

먼 세계를 적었습니다 직선과 직진이 다르지 않았으나 나아가는

것만이 가장 빠른 길은 아니었습니다 나아가려면 우선 물러서라는

말이 진(進)과 퇴(退)의 처세법임을 그때서야 겨우 알았습니다 곧은 것은

쉽게 부러지나 굽은 것은 휘어진다고 말들 하지만 구부러지면

온전하다는 저 곡선의 유연함 저 내밀함…… 놀라운 것은 감추면서

드러내는 것이었습니다 길 없어도 세상은 새 길을 만

들고 사람들은

　바쁘게 나를 앞질러 갔습니다 옛 길이 언제 새 길을 내
려놓았겠습니까

　가파른 길 내 길처럼 걸어갈 때 나도 그랬을 것입니다
멀리 가야

　많이 본다는…… 세상에서 가장 먼 길은 머리에서 가
슴까지

　가는 길이었습니다 모든 생은 자기에 이르는 길이었습
니다 길의

　모든 것은 걷고 싶지 않아도 걷게 되는 것입니다 들판
너머 길 하나

　산 너머 길 바라다봅니다 길의 끝은 멀고 그리고 가파
릅니다 고갯길은

　힘든 그 어떤 것도 넘겨주질 않습니다 나는 몇번이나
그 길

　넘었습니다 고갯길은 벗어나도 벗지 못하는 업도 있습
니다 눈부신

햇살도 모든 어두움을 사라지게 할 수는 없는 것입니
다 누구든 다시

쓰고 싶은 생이 있겠습니까 앞길밖에 길이 없겠습니까
가다보면

길이 되는 것 그것이 오래 기다린 뒷길일 것입니다

소나기

바람 멈춘 숲에서
새들이 왁자지껄 뛰어나온다
누워 있던 길들이 벌떡 일어선다
놀란 신호등이 눈을 끔벅거리고
달리는 차들이 멈칫한다
대낮인데 하늘이 검다
비들이 떼지어 몰려와
하루가 짧게 저문다
천둥소리 커졌다 작아졌다
죄 많은 자들의 속을
쿵쿵 울린다 갑자기

스카이 아파트

아리랑고개 너머
스카이 아파트로 이사 온 지 몇달째
두통이 영 낫지 않는다
너무 높은 곳에 올라온 탓이다
하늘에 새들이 지나가고
그 속에 길 있음을 못 보았다
지나가는 것이 구름이나 바람뿐이 아니라는 것
전에는 물이었던 것 새였던 것 사람 또한
지나간다는 걸 알지 못했다
힘을 얻으려고
나는 오직 하늘에 애착했을 뿐이다
17층에 올라와 내 발은 또
하늘에 닿으려고 발버둥친다
하늘 속에 꿈을 밀어넣은 적 있다
꿈의 의미들 세계들, 이상은 또
얼마나 높게 퉁겨 올랐던가
높은 것이 좋아라 새들은 비상하고

하늘은 새의 날개를 당긴다
그때마다 나는 추락한다
스카이 아파트에서
스카이다이버처럼 몇달째

수락시편

마들역에 내려 1번 출구로 나와
12단지 지나면 갈울공원
벤치에 앉아보렴 새소리 얼마나
바람소리 얼마나…… 돌계단
스무 개 단숨에 오르면
수락산 끝자락이 보여
그래, 세상일은 물이 떨어지는 것처럼
떨어질 일이 많을 거야
그래도 삶을 수락해야지
산을 오르려면 올라가려면
몇굽이 아찔한 낭떠러지 만날 거야
거기서 정상까지는 꽤 높거든
숨찬 네 몸속에는 수많은 길들이 오르내릴 거야
그렇지, 들고 온 생수보다 산수가 더 시원할 테니까
가끔 뒤도 돌아보렴
뒤가 있으니 앞이 있다는 말 참, 말이란 걸
새삼 알게 될 거야

그때는 참 좋았지 하고 오늘을 말할 거야
그러면 오늘도 그때가 되겠지
가다보면 절로 절하고 싶은
봉우리 하나쯤 만나게 될지도 몰라
그렇담, 아주 행운인 게지
자기를 낮춘다는 것 쉽지 않거든
내려가는 것 더 어렵거든
말해주마
수락에 가려면
먼저 마들을 지나야 한다

마들에서 광화문까지

光化門에 가려면 마들에서
노원을 지나 중계 지나 하계 지나
공릉 지나 태릉 지나 먹골 지나
상봉 지나 면목 지나 사가정 지나
용마산 지나 중곡 지나
君子에서 오호선 갈아타야 한다
往十里 지나 杏堂 지나 靑丘 지나
東大門 지나 乙支路 지나 鐘路를 지나가야 한다

入門하는 길이 이렇게 멀다

제2부

물가에서의 하루

하늘 한쪽이 수면에 비친다 물총새가 물 속을 들여다
보고
소금쟁이 몇개 여울을 만든다 내가 세상에 와
첫 눈을 뜰 때 나는 무엇을 보았을까 하늘보다는
나는 새를 물보다는 물 건너가는 바람을 보았기를 바
란다
나는 또 논둑길 너머 잡목숲을 숲 아래 너른 들판을 보
았기를
바란다 부산한 삶이 거기서 시작되면 삶에 대해 많은
것을
바라지 않기를 바랐을 것이다 산그늘이 물 속까지 따
라온다 일렁이는
물결 속 청둥오리들 나보다도 더 오래 물 위를 헤맨다
너는
아는구나 세상에서 가장 좋은 것이 물이라는 걸 아는
구나 오늘따라
새들의 날갯짓이 훤히 보인다 작은 잡새라도 하늘에다

커다란

　원을 그리고 낮게 내려갔다 다시 솟아오른다 비상! 절
망할 때마다

　우린 비상을 꿈꾸었지 날개가 있다면…… 날 수만 있
다면…… 날개는

　언제나 나는 자의 것이다 뱃전에 기대어 날지 않는 거
위를

　생각한다 거위의 날개를 생각한다 물은 왜 고이면 썩
고 거위는

　왜 새이면서 날지 않는가 해가 지니 물소리도 깊어진
다 살아 있는

　것들의 모든 속삭임이 물이 되어 흐른다면…… 물소리
여 너는 세상에 대해

　무엇이라 대답할까 또 소리칠까 소리칠 수 있을까

대대포에 들다

갈대의 등을 밀며 바람이 분다 개개비 몇 발끝 들고
염낭게 갯벌 물고 뒤척거린다 날마다 제 가슴 위에
거룻배 한 척 올려놓는 갈대밭 산다는 건 갈대처럼
천만번 흔들리는 일이었으나 실패한 삶도 때론 무엇
인가
남긴다 남긴다고 다 남는 것일까 순천(順天)은 벌써
나를 알아버린 듯 마음의 물결까지 출렁거린다 섬은
발목 잡혀 꿈쩍 않는데 물거품이 해안까지 따라온다
언제 꽃을 바람처럼 피운 갈대들 그들이 환하다 문득
느낀다 내 어둠이 나에게서 떨어지지 않는다 언제나
낮게
엎드린 포구 수평선 바라보다 나는 겨우 세상은 공평
한가
묻고 말았다 방파제 너머 파도가 밀려간다 밀려간 것은
물결만이 아니다 날마다 내 속으로 밀려온 갈대들 오
늘은
대대포에 들고 말았네

간절곶

어제는 간절곶에 가서
산 세월이 무거운 사람들과
간절한 사연 몇편 적었더랬습니다
쓰다가 못 쓰면
모래로 점을 찍었지요
물새들이 새 발자국 찍었는지
모래밭이 아주 환했습니다
장문의 물길이 아니라도
수평선 따라가는 길은
물결소리 단편처럼 간절했습니다
나는 파도로 젖은 문장 앞에서 주저앉습니다
쓰지 못한 것은 정작 간절곶뿐입니다

고하리 길*

높고 낮은 것이 무엇이었더라 고하리에 멈추는 발길
이여

산 한쪽이 나를 붙든다 험한 것이 산만이 아니다 내 속
의 구릉들

계곡들 고하리는 나를 알고 있는 듯 마음의 봉우리도
불끈 솟는다

산은 갈수록 높고 산 끝 바위들은 오래 묵묵하다 묵묵
히 지나가는

바람소리 물소리 그 소리 자유롭다 새삼 느낀다 내 자
리 나에게서

떨어지지 않는다 만약에 우리가, 우리의 운명에는 만
약이란 없다

산이 어디로 가는 걸 보았는가 산그늘이 마을까지 따
라온다

따라온 길을 몰래 엿본다 동고비새 한마리 고비를 타
고 있다

고비를 타야 산을 오른다 오늘도 산은 높았다 낮았다

하였다

　다 저문 저녁에야 마음의 경계 너머 다른 산에 닿는다 언제나

　바짝 엎드린 능선길 우린 오르면 내려가야 한다 높고 도 낮은 것이

　무엇이었더라 소리치며 메아리가 지나간다 날마다 내 속에

　쌓이는 산 고하리 길에 풀어놓는다

　* 나의 시 「원근리 길」을 패러디함.

가시나무

저 나무는 왜 가시가 있는 거야?
식물원 지나다 아이가 묻는다
가시가 없는 여자는 가슴이 뜨끔, 한다
뒤쪽에서 바람이 불어오고
아이는 좋아라 재잘댄다
여자는 가시에 대해 생각한다
저 나무는 가시가 있어서 좋겠다
그러나 사랑의 환상은 짧고 상처는 깊다
아이는 또 궁금한 것이 있고
나무는 온몸으로 가시가 된다
저게 저 나무의 마음이야
그 여자 나무의 가시를 보며 생각한다
가시는 언제나 속으로 파고든다
가시가 아프다고 뽑지 마라
가시가 없으면 가슴이 없는 것이야

목이 긴 새

물결이 먼저 강을 깨운다 물보라 놀라 뛰어오르고
물소리 몰래 퍼져나간다 퍼지는 저것이 파문일까
파문 일으키듯 물떼새들 왁자지껄 날아오른다

오르고 또 올라도 하늘 밑이다
몇번이나 강 너머 하늘을 본다
하늘 끝 새를 본다
그걸 오래 바라보다
나는 그만 한 사람을 용서하고 말았다
용서한다고 강물이 거슬러 오르겠느냐
강둑에 우두커니 서 있으니 발끝이 들린다
내가 마치 외다리로 서서
몇시간 꼼짝 않는 목이 긴 새 같다
혼자서 감당하는 자의 엄격함이 저런 것일까

물새도 제 발자국 찍으며 운다
발자국, 발의 자국을 지우며 난다

물에게 길을 묻다 2
참는다는 것

세상의 행동 중에 참는 게 제일이라* 누가 말했었지요

그래서 나는 무슨 일이든 참기로 했지요

날마다 참으면서 일만 하고 살았지요

참고 사는 일이 쉽지는 않았지요

살 길은 갈수록 구불텅거리고

살림은 출렁대며 흔들렸지요

누가 고해(苦海) 속에 뛰어들기라도 하면

파문은 나에게까지 번졌지요

그때 나는 절벽에 매달려 사는 가마우지 새들을 생각

했지요

둥지 없는 무소새를 떠올리기도 했지요

그러다가 문득 길가의 무명초들을 힐끗 보았지요

발밑에 밟히고 바람에 떨고 있었지요

누구의 생도 일 같지는 않았지요

세상에서 가장 힘든 일은 참으면서 사는 일이었지요

그때서야 힘든 것이 힘이 될 수도 있다는 걸 겨우 알았

지요

힘들게 산다는 것은 힘쓰고 산다는 것과 달랐지요
참고 살수록 삶은 더 굽이쳤지요
오늘도 나는 인파 속에서 자맥질하지요
힘껏 살고 싶어 힘내고 싶어

* 『명심보감』의 한 구절.

마음의 경계

햇살이 수면에 어룽거린다 물방울 모였다 물거품 되고
물떼새들 갈대숲에서 끼룩거린다 가슴검은물떼새!
그 이름만으로 눈시울 붉어져 물 속에 물구나무 선 나
무들
물결 속에 제 속을 허문다
허물어야 할 것은 내 속의 강둑들 모래톱들 경계 없는
강이
나는 좋다 흐르다 멈춘 강이 있다고는 하였으나
깊은 물소리 듣지 않는다면 누가
강물을 밀어 해안까지 가겠는가
강은 수심 깊어 물소리 숨기고
물고기들 잘 때에도 뜬 눈으로 잔다
수심에 잠겨 눈감고도 잠 못 드는 사람들
생(生)은 왜 눈물로 단련되나
그래서 우리가 물길 하나 가졌던가
물길은 물의 길일까 생각하듯 물살 내려갈 때
나도 몇 굽이 내려갔다

물소리 한꺼번에 져 내렸다
마음이 오래 강변에 서 있다
세찬 물결이 어깨를 툭 친다 나아가라고
내려가나 나아가는 물줄기들
시퍼런 것들의 저 서늘한 기운
오늘은 내가 붙잡고 가겠다
강 끝까지 해안까지 더 더 끝까지

행운목이라는 나무

　행운목을 보다 행운에 대해 생각한다 행운(幸運)! 행운
이란
　행복한 운명일까 좋은 운수일까 만약에 내 운명에 행
운이
　있다면 그러나 운명에 만약이란 없다

　어느날 그가 행운목 한그루 보내왔을 때 막 피기 시작한
　군자란 옆에 조용히 내려놓았다 군자(君子)란 앞에서
문득
　소은(小隱)은 산속에 숨고 대은(大隱)은 시정에 숨는
다는
　말이 생각났다 그때 나는 잠시 하늘을 보다 이게 행운
이지
　중얼거렸다 행운을 얻은 마음이 푸른 잎처럼 싱싱했다

　행운을 받든 넓은 잎들 줄기들 너무 꼿꼿해 굽힐 줄
　모른다 나무도 커서는 구부리지 못한다 어떤 행운이

허리를 굽힐까

행운을 만난 듯 행운목이라는 나무

지루한 날

지루한 날이면
물끄러미 가로수를 바라본다
구름이 느릿느릿
나무 위로 지나가고
햇빛이 느릿느릿
나무 밑을 지나간다
가로수는 어쩌면
누워 있던 땅이 지루함을 견디다 못해
어느날 벌떡, 일어선 게 아닐까
저렇게 평생 서 있다니

지루한 날이면
물끄러미 땅을 내려다본다
달팽이가 느릿느릿
풀밭을 지나가고
발자국이 느릿느릿
땅을 밟고 지나간다

땅은 어쩌면
서 있던 나무들이 지루함을 견디다 못해
어느날 털썩, 주저앉은 게 아닐까
저렇게 평생 주저앉아 있다니

물에게 길을 묻다 3
사람들

세상에서 가장 큰 즐거움은 사람으로 태어나는 것*이
라고 누가 말했었지요
　그래서 나는 사람으로 살기로 했지요
　날마다 살기 위해 일만 하고 살았지요
　일만 하고 사는 것이 쉽지는 않았지요
　일터는 오래 바람 잘 날 없고
　인파는 술렁이며 소용돌이쳤지요
　누가 목소리를 높이기라도 하면
　소리는 나에게까지 울렸지요
　일자리 바뀌고 삶은 또 솟구쳤지요
　그때 나는 지하 속 노숙자들을 생각했지요
　실직자들을 떠올리기도 했지요
　그러다 문득 길가의 취객들을 힐끗 보았지요
　어둠속에 웅크리고 추위에 떨고 있었지요
　누구의 생도 똑같지는 않았지요
　세상에서 가장 어려운 건 사람같이 사는 것이었지요
　그때서야 어려운 것이 즐거울 수도 있다는 걸 겨우 알

았지요

　사람으로 산다는 것은 사람같이 산다는 것과 달랐지요

　사람으로 살수록 삶은 더 붐볐지요

　오늘도 나는 사람 속에서 아우성치지요

　사람같이 살고 싶어, 살아가고 싶어

　* 『열자(列子)』의 천서(天瑞)편에서.

파지

그 옛날 추사(秋史)는
불광(佛光)이라는 두 글자를 쓰기 위해
버린 파지가 벽장에 가득했다는데
시(詩) 한 자 쓰기 위해
파지 몇장 겨우 버리면서
힘들어 못 쓰겠다고 중얼거린다
파지를 버릴 때마다
찢어지는 건 가슴이다
찢긴 오기가
버려진 파지를 버티게 한다
파지의 폐허를 나는 난민처럼 지나왔다
고지에 오르듯 원고지에 매달리다
어느 땐 파지를 팔지로 잘못 읽는다
파지는 나날이 내게서 멀어져간다
내 손은 시마(詩魔)를 잡기보다
시류와 쉽게 손잡는 것은 아닐까
파지의 늪을 헤매다가

기진맥진하면 걸어나온다

누구도 저 길 돌아가지 못하리라

마음의 지진

제 이름 부르며 스스로 울어봐야지
제 속의 비명을 꺼내 소리쳐봐야지
소나기처럼 땅에 패대기쳐봐야지
바람에 몸을 길들여봐야지
늪처럼 밤새도록 뒤척여봐야지
눈알 속에 박힌 모래처럼 서걱거려봐야지
사랑 때문에 허리가 남아돌아봐야지*
어느날 문득 절필해봐야지
죽어라고 살기 위해 잡문을 써봐야지
사람 때문에 마음바닥이 쩍쩍 갈라져봐야지
끊었던 담배를 다시 피워봐야지
마침내 갈 데가 없어봐야지

그때야 일어날 마음의 지진

* 정끝별의 시 「춘수(春瘦)」에서.

노선

형님은 자기 노선(路線)이 있소?
독립문 지나다 아우가 묻는다
그는 대답 대신 자신에게 반문한다
희망은 있는 걸까
아직 그런 게 남아 있다면
거기가 나의 노선이 될 텐데

아우는 자기 노선이 있나?
광화문 지나다 형이 묻는다
그는 대답 대신 형에게 반문한다
희망은 있는 걸까요
아직 그런 게 남아 있다면
거기가 너의 노선이 될 텐데

가다보면 길이 되는 것
그것이 희망이라면
그 희망이 우리의 노선이리

이름
—왜 나뭇잎의 이름이 보석의 이름처럼
소중히 지어져 있지 않은지 알 수 없다

물도마뱀의 이름이 노랑무늬영원이라니요
물결무늬라는 고둥이 있다니요
풍뎅이 이름이 아침깜짝물결무늬라니요
금강입술대고둥이라는 달팽이가 있다니요
나비의 이름이 수풀떠들썩팔랑나비라니요
많첩홍매실이라는 나무가 있다니요
풀의 이름이 꽃며느리밥풀이라니요
흰눈썹울새라는 새가 있다니요

나는 그 이름 하나씩 불러봅니다

노랑무늬영원 물결무늬고둥 아침깜짝물결무늬
금강입술대고둥 수풀떠들썩팔랑나비 많첩홍매실
꽃며느리밥풀 흰눈썹울새

누구도 그 이름 끊지 못하리
그 이름에 새겨진 물결무늬 자국

바람을 맞다

바람이 일어선다 나무가 서 있는 곳은 초록빛 생명으로
가득 차 있다 나무는 영원한 초록빛 생명이라고 누가
말했더라
숲을 뒤흔드는 바람소리 「마왕」곡 같아 오늘은 사람의
말로
저 나무들을 다 적을 것 같아 내 눈이 먼저 하늘을 올려다
본다 비가 오려나 거위눈별이 물기를 머금고 있다 먼 듯
가까운 하늘도 새가 아니면 넘지 못한다 하루하루 넘
어가는 것은
참으로 숭고하다 우리도 바람 속을 넘어왔다 나무에도
간격이
있고 초록빛 생명에도 얼음세포가 있다 삶은 우리의
수난
목숨에 대한 반성문을 쓴 적이 언제였더라 우리는 왜
뒤돌아본 뒤에야 반성하는가 바람을 맞고도 눈을 감아
버린
것은 잘한 일이 아니었다 가슴에 땅을 품은 여장부처럼
바람이 일어선다

머금다

거위눈별 물기 머금으니 비 오겠다
충동벌새 꿀 머금으니 꽃가루 옮기겠다
그늘나비 그늘 머금으니 어두워지겠다
구름비나무 비구름 머금으니 장마지겠다
청미덩굴 서리 머금으니 붉은 열매 열겠다

사랑을 머금은 자
이 봄, 몸이 마르겠다

천사의 시

꽃봉오리 아이 눈망울 같고
여린 잎들 아이 손가락 같아
사람들은 꽃을
천사의 시라 불렀을 것이다
신이 쓴 스테디셀러라 말했을 것이다
누구도 대신 쓸 수 없는
절창의 무궁(無窮) 시집

꽃장을 넘기며 바람이 운다
꽃장을 덮으며 새들이 운다

다문이

시인 이진명의 딸
다문이를
소문으로 들었다

많은 것을 듣고
많이 묻고 싶던 나에게
다문다문 다가오는 다문이

말만 들어도
다문 입에 웃음 고이는
다문이를 만나
말만 많던 입 다물고 싶다

세상에
아이의 다문 입처럼
이쁜 입 보았는가

온종일 다문이 생각에
다 저문 하루
문 닫는 것 잊겠네

카멜레온

색깔 잘 바꾼다고 사람들이 나에게 붙여준 이름인데
나는 이 이름에 엄청 만족하오 변신한다는 것이 얼마나
좋은 거요 변질하고는 관계가 없소 나는 부지런히
내 색깔을 바꾸었소 그래서 사람들은 나를 변신의
명수라 하오 변신 잘하는 나를 변질 잘하는 놈이라
착각은 마오 색깔을 바꾼다고 얼빠진 건 아니오
색깔 잘 바꾸는 내가 나는 좋소 색깔 바꾸니 새롭기
그지없소 색깔 없는 사람이 나는 더 무섭소 사람들은
왜 변신과 변질을 구별 못하는지 모르겠소 그때마다
나는 내 본색을 드러내고 싶었소 변신은 변화이며
변모라오 시인들은 변모하는 나를 무척 좋아하오 자기
들을
닮았다나 뭐라나? 색깔을 바꾸니 얼마나 달라지는지
모른다오 색깔이 달라진다고 참으로 본질을 잃는 건
아니오 변신하고 사는 내가 나는 대견하오 색깔 바꾸
고도
나는 잘 살 수 있소 나는 평생 변신하고 변모하면서 살
려 하오

소리꾼

소리 하나로 산을 휘어잡은 새들은
타고난 소리꾼이다 바람보다 먼저 산을
깨우고 계곡 아래 물살도 산정으로 당긴다 당기듯이
소리친다 소리치며 산그림자 가볍게
놓아버린다 숲속이 숲의 속이 오래
울린다 저토록 산이 속으로 울다니! 속으로 우는
것들은 울음도 힘이 된다는 걸 안다 울어라
새여, 자고 일어나 울어라 새여 소리 하나로
산을 울릴 때 너는 소리꾼인 것이다 소리의
꾼인 것이다 시 하나로 세상을 휘어잡은 시인들은
타고난 소리꾼이다 몸보다 먼저 혼을
깨우고 한순간을 영원으로 밀어올린다 밀어올리듯이
소리친다 세상 속이 세상의 속이 오래
울린다 저토록 세상이 속으로 울다니! 속으로
우는 것들은 소리도 힘이 된다는 걸 안다 울어라
시여 자고 일어나 울어라 시여 시 하나로
세상 울릴 때 너는 소리꾼인 것이다 소리의
꾼인 것이다

노을 시편

강 끝에 서서 서쪽으로 드는 노을을 봅니다
노을을 보는 건 참 오래된 일입니다
오래되어도 썩지 않는 것은 하늘입니다
하늘이 붉어질 때 두고 간 시들이
생각났습니다 피로 써라 그러면…… 생각은
새떼처럼 떠오르고 나는 아무것도
쓸 수 없어 마른 풀 몇개 분질렀습니다
피가 곧 정신이니…… 노을이 피로 쓴 시 같아
노을 두어 편 빌려 머리에서 가슴까지
길게 썼습니다 길다고 다 길이겠습니까
그때 하늘이 더 붉어졌습니다 피로 쓴 것만을
사랑하라…… 내 속으로 노을 뒤편이 드나들었습니다
쓰기 위해 써버린 많은 글자들 이름들
붉게 물듭니다 노을을 보는 건 참 오래된 일입니다

좋은 날

작은 꽃이 언제 다른 꽃이 크다고 다투어 피겠습니까
새들이 언제 허공에 길 있다고 발자국 남기겠습니까
바람이 언제 정처 없다고 머물겠습니까
강물이 언제 바쁘다고 거슬러 오르겠습니까
벼들이 언제 익었다고 고개 숙이지 않겠습니까

아이들이 해 지는 줄 모르고 팽이를 돌리고 있습니다
햇살이 아이들 어깨에 머물러 있습니다
무진장 좋은 날입니다

제3부

옷 입다 생각하니

내가 세상에 와 입은 옷은 몇벌이었나 옷은 제 옷을
셀 수 없네 몇십년 입은 옷 그게 바로 내 그림자 내 남
루지

누군들 헌옷처럼 남루한 적 없었겠나 몸이 울 때 헐은
마음은

수고로워 새옷 입고 싶네 옷 입는 일은 늘 그렇지 습관
처럼 관습처럼

나를 따라다니지 내가 세상에 와 처음 입은 옷은 무엇
이었나

옷이 처음 본 것은 누구였나 지나간 건 다시 오지 않듯
이 처음은

언제나 끝이 되고 말지 그래도 끝나지 않는 것은 한 몸에
빛과 어둠을 입고 벗는 옷 그러는 동안 여기까지 왔네
옷의

일생은 늘 그렇지 그대여 옷이란 그런 것이네 옷과
함께

잘 낡아가는 것이네

희망이 완창이다

절망만한 희망이 어디 있으랴
절망도 절창하면 희망이 된다
희망이 완창이다

도공 시(詩)

어느 도공은 마음을 빚어 백자를 얻었다
마음을 빚을 때는
아궁이에 장작불 피우고
호반 위에 떠오르는 달빛을
방안까지 맞아들였다
아침저녁 물가에 앉아
물안개 보고
나무 밑에 떨어지는 빗소리 들었다

어느 도공은 흙을 빚어 백자를 얻었다
흙을 빚을 때는
마음자리부터 살피고
맑은 혼을 담겼다
숨은 흙을 찾아 떠나고
숨은 흙 찾아 돌아왔다

달빛에 더 보탤 것도

어스름 저녁에 더 뺄 것도 없어

하루에 천년을 살아버린 어느 도공

눈물

96세에 대학생이 된 아버지가
축하하는 자식들 앞에서
눈물이란 왜 나오는 건지…… 이걸 연구해서
논문이나 써야지 했다는데*

61세에 아무것도 가진 것 없는 한 시인이
회갑을 축하하는 후배들 앞에서
눈물이란 왜 이렇게 짠지…… 이걸 주제로
시나 써야지 했다는데

눈물은 왜 이렇게 대책이 없나

* 일본인 우따가와 토요꾸니(歌川豊國)의 이야기.

구멍

많은 것을 잃고도 몸무게는 늘었다
언제부터 비명이 몸속으로 드셨나
근심을 밥처럼 먹고 병을 벗 삼아
자란 비명들
많은 것을 잊고도 몸무게는 늘었다
언제부터 비명이 맘속으로 드셨나
우울을 우물처럼 마시고 불안을 벗 삼아
자란 비명들

잃었거나 잊은 것보다
더 큰 생의 구멍이 있을까 탓하지 말자

이상난동

때도 아닌데
개나리가 피었다
철없이 웬 개, 나리가

꽃 한번 못 피운 무화나무 우두커니 서 있어

마음이 꽃잎 몇, 피워올린다 나를 웃게 하는 건
피어나는 꽃잎들 움트는 초록들 세상에는 피우고 싶은
것들이 너무 많다 불이나 바람 구름까지도 때도 아닌
때에 피어버린다 피고 싶은 몸에 바람이 차오른다
피고 또 피워도 바람뿐이다

꽃 한번 못 피운 무화나무 우두커니 서 있어

철없이 핀 꽃 들여다본다
한 꽃 모두 여러 송이다
사람이 꽃보다 아름답다고 말하지 마라

우리가 언제
꽃처럼 피었느냐

자화상

조롱 속에 거울 하나 넣어놓았더니
거울에 비친 제 모양을 제 짝인 양
생이 다하도록 잘 살았다는 문조(文鳥)

사막 속에 오아시스 놓여 있었더니
물에 비친 모랫길을 제 길인 양
생이 다하도록 잘 걸었다는 낙타

그게 혹
내가 아니었을까

운명

눈물로 된 몸을 가진 새가 있다
주둥이가 없어 먹이를 물 수 없는 새가 있다
발이 없어 지상에 내려오면 죽는 새가 있다

온몸이 가시로 된 나무가 있다
그늘에서만 사는 나무가 있다
햇빛을 받으면 죽는 나무가 있다

운명이란 누가 쓴
잔인한 자서전일까

사의 찬미
윤심덕조로

죽고 싶다 하면서 살고 싶은 날
친구에게 전화 걸어
인생이 뭐길래 이렇게 힘드냐고 하면
그것도 모르냐며
인생이란 광막한 황야를 달리는 것이라고
「사(死)의 찬미」한 소절 불러젖힌다

——광막한 황야를 달리는 인생아
　　너는 무엇을 찾으러 왔느냐

무얼 찾으려고 찾아내려고
바닥 없는 바다에 뛰어내렸을까
자살도 요절도 못한 내가 시인이냐 하면
죽어도 같이 죽는 것이 부럽다고 하면

——이래도 한세상 저래도 한세상
　　아니냐고 친구는 또 그런다

─돈도 명예도 사랑도 다 싫다고
　내가 한 소절 끝내면

돈도 명예도 사랑도 다 좋은 것이라고
친구는 또 그런다

죽음을 찬미하며 죽어간
윤심덕의 「사의 찬미」
내가 찬미하는 나의 십팔번

부르는 소리

지은 죄도 눕힐 것 같은
수평선 마주 보면
나는 그만 우두커니가 된다
바다한테 와서 한번도 다른 곳에 가지 않은 파도여
넌 바다밖에 몰라 보내지 않았으나
바다는 오래 잠들지 않았다
파도는 너무 일찍
소리 몇절 써버린 죄로
바다한테마저도 버려졌는가
누가 널 부를 때
네가 누굴 부를 때
큰 소리 더 크게 소리쳤는가
너보다도 더 크게 널 부르는 소리
있었는가 잊었는가

꽃피는 아이

언덕길 오르다 아이가 내 손을 잡는다
"구름 한번 더 쳐다보고 가자
구름이 꽃처럼 피었네"
바쁘다고 하늘 한번 쳐다보지 않은
나는 부끄러웠다

마을로 들어서다 아이가 또 내 손을 잡는다
"저 초가집 꽃들 좀 봐
꽃이 구름처럼 피었네"
가난도 때로 운치가 있다는 걸 몰랐던
나는 부끄러웠다

아아, 아이가 피고 있다
이 세상에
눈부신 꽃이 있다

다시 한자리

구름 걷히자 햇빛이 나 바람 속으로
새들이 날아가버려
풀밭에 풀처럼 엎뎌 풀벌레들 다 어디 갔나
네 울음 적고 싶구나 해 질 때마다 어둠 놓을?
내 어둠 놓을 어디?

비 오니 잎이 져 저 잎자리 다져보던 때가
몰래 흘러가버려
낙엽 위에 낙엽처럼 누워 푸른 잎들 다 어디 갔나
네 소리 받고 싶구나 잎 질 때마다 마음 붙일?
네 마음 붙일 어디?

나무여, 나는 너무 오래
서 있다 나도 가끔
세상 주저않고 싶은 나무이다
나무를 불처럼 태우고 싶은 사람이다

나는 말하는 자로서
조용히 입 닫고 있다

저 달을 들어내면

아버지가 달을 가리키며 물었다
저 달을 들어내면 하늘에 뭐가 남겠느냐?
글쎄요…… 저 달을 들어내면
하늘에 구멍 하나 남지 않겠느냐
너는 작가가 아니냐
모든 사람의 생에는 구멍으로 남아 있는 부분이 있느니*
그 구멍을 오래 들여다보거라
개울물 소리 소슬바람 소리 들릴 것이니
어찌 구멍만이 구멍이겠느냐
저 달을 들어내면
저 달을 들어내면

* 조경란 소설 「나는 봉천동에 산다」 중에서.

시인의 말

세상에서 가장 아름다운 혁명은 한 아이가 태어나는 것이라고

말한 시인이 있다 빨래집게가 어쩌다 아이 속옷을 잡고 있는

날은 이 세상에서 가장 눈부신 날이라고 말한 시인이 있다

세상에서 가장 평화로운 풍경은 엄마가 아이를 무릎 위에

앉히고 책 읽어주는 것이라고 말한 시인이 있다 아이의 웃음이

세상에서 가장 환한 꽃이라고 말한 시인이 있다

세상에서 가장 위대한 시는 인간이 어머니 자궁에서 나와

최초로 터뜨리는 울음이라고 말한 시인이 있다

은목서 꽃향기처럼 만리나 멀리

스며나갈 시인의 말이여

별자리

마들을 걷다가
대낮에도 돌고 있을 별자리를 생각한다
별자리, 별의 자리!
모든 자리는 별, 자리가 아닌가
별 찾기를 멈추기 전에는
모든 것이 별처럼 반짝이리라 믿었다
불빛이 너무 밝아
밤에도 별이 보이지 않는 서울
어둠을 짊어진 채 하늘 한쪽 바라보니
숨은 별들의 내력을 알 것도 같다
별똥별 빠르게 떨어지고
바람이 스쳐가고……
윤항기의 노래 「별이 빛나는 밤에」 부르고 있을 때
저 별의 별, 별다른 별들! 마들이 별빛에 젖는다
서울엔 별별 사람 너무 많아
가끔 하늘을 잊기도 하였으나
별자리는 처음부터 별의 자리였다

별 보고 길을 묻던
나그네들 다 어디로 갔나

마들에 서서
나는 몇번이나 별아 별아 불러본다

전업시인

가지에 뿔을 걸고
허공에 뜬 채 잠자는 영양처럼
그늘에 깃들여 살면서
어둔 날에만 날아다니는 그늘나비처럼
바다가 내뿜는 수증기를 머금으려고
한 장뿐인 잎을 갈기갈기 찢으며 연명하는 나무처럼
낯선 곳을 나그네처럼 떠돌다가
매혹과 환멸 속을 넘나들다가
변신하려고 변모하려고 몸부림치다가

끈질기게 어렵게 살아야 하는
쉽게 씌어지는 것을 부끄러워해야 하는
고독한 시마(詩魔)들

그의 말

산에 대해 말하려면
먼저 숲을 말하고
숲에 대해 물어보면
먼저 새를 말하고
새에 대해 말하려면
먼저 울음에 대해 말하고
울음에 대해 물어보면
먼저 물에 대해 말하고
물에 대해 말하다보면
어느새
산 아래 내려와 있을 것이다

내 이야기는
이것으로 끝이다
나머지는 눈부시게 피어나는
저 나무들에게 들으시기 바란다*

*법정 스님의 말에서.

상일동 아침

아침마다 뻐꾸기가
복국(復國), 복국 울고
아침마다
상일(上一) 세탁소 아저씨가
세탁(世濁), 세탁 외친다
세상 탁해, 세상 탁해
탁한 세상
세탁하라는 소리 같아
그 소리
높이 들어올린 아침

탁한 몸 한벌
세탁하고 싶네

교감

한 마음의 움직임과
한 마음을 움직이게 한
한 마음의 움직임이
겹쳐 떨린다
물결 위에 햇살이 겹쳐 떨리듯

시인이 되려면

시인이 되려면
새벽하늘의 견명성(見明星)같이
밤에도 자지 않는 새같이
잘 때에도 눈뜨고 자는 물고기같이
몸 안에 얼음세포를 가진 나무같이
첫 꽃을 피우려고 25년 기다리는 사막만년청풀같이
1kg의 꿀을 위해 560만 송이의 꽃을 찾아가는 벌같이
성충이 되려고 25번 허물 벗는 하루살이같이
얼음구멍을 찾는 돌고래같이
하루에도 70만번씩 철썩이는 파도같이

제 스스로를 부르며 울어야 한다

자신이 가장 쓸쓸하고 가난하고 높고 외로울 때*
시인이 되는 것이다

* 백석의 시 「흰 바람벽이 있어」 중에서.

그림자

내가 나의 실상 때문에
상실에 빠졌을 때
그는 무심지경에 들어 있다

등산과 입산

높은 산만이 장한 산이라 네가 말했을 때
깊은 산일수록 좋은 산이라 내가 말했다
산이 높아야 사람이 오를 만하다고 네가 말했을 때
산이 깊어야 사람이 들 만하다고 내가 말했다
너는 젊어 올라가려고만 하고
나는 늙어 들려고만 한다
더 높이 올라가는 것이 중요하다는
너는 등정주의자
결과보다 과정을 중시하는
나는 등로주의자
산이 거기 있어 오르는 것이 아니라
내가 있기에 산에 드는 것이다

등산(登山)이냐 입산(入山)이냐 다투지 말자
산은 늘 거기 그대로 있으니

벽

시선이 시선을 가로막고 있다
사람이 사람을 가로막고 있다
사람과 자연을 가로막는 사회
제발 덮치지 말아다오
우아하게 나는 너와 인연을 끊고 싶다
벽에 기대어
TV를 보다가
벽처럼 높은 철학책을 보다가
보이는 것에 다시 벽을 느낀다
모든 것이 이쯤에서
나를 놓아주지 않는다

얼마나 더
싸움에도 희망이 있을 건가!

최고봉

높은 산에 오를 준비를 할 때마다 장비를 챙기면서
운다고 고백한 산사람이 있었다 14번이나 최고봉에 오
른 그가
무서워서 운다고? 그 말을 듣는 순간 산 때문이 아니라
두려움 때문일 거라고 생각했다 무서운 비밀을 안 것
처럼
나도 무서웠다 산 오를 생각만 하면 너무 무서워서 싼
짐을
풀지만 금방 울면서 다시 짐을 싼다고 한다 언젠가 우
리도
울면서 짐을 싼 적이 있다 그에게 산이란 가야 할 곳이
므로
울면서도 떠나는 것이다 누구에게나 무서워 울면서도
가야 할 길이 있는 것이다

능선에 서서
산봉우리 오래 올려다보았다
그곳이 너무 멀었다

1년

작년의 낙엽들 벌써 거름 되었다
내가 나무를 바라보고 있었을 뿐인데
작년의 씨앗들 벌써 꽃 되었다
내가 꽃밭을 바라보고 있었을 뿐인데
후딱, 1년이 지나갔다
돌아서서 나는
고개를 팍, 꺾었다

벌새가 사는 법

벌새는 1초에 90번이나
제 몸을 쳐서
공중에 부동자세로 서고
파도는 하루에 70만번이나
제 몸을 쳐서 소리를 낸다

나는 하루에 몇번이나
내 몸을 쳐서 시를 쓰나

해설

바람으로 일어서는 생의 곡선

엄경희

1. 생의 뒤편에 박혀 있는 상처들

몇마디의 다정하고 사랑스러운 구절로 일상에 시달린 사람의 마음을 움직일 수 있다면 그것은 아름다운 시일 것이다. 그러나 진정한 서정적 아름다움은 우리의 감성을 적당히 적셔줄 수 있는 몇마디의 표현에 있지 않다. 정서를 자극하는 몇마디 말로 다 위안이 될 수 없는 무수한 고통과 결핍이 시간의 흐름을 타고 존재를 결박해오기 때문이다. 이때 마음은 한 채의 지옥이 되어 존재를 감금한다. 마음속에 고인 슬픔과 억울함과 외로움을 감

내하며 자기의 지옥을 스스로 폭파해야 할 때 시인의 절박한 펜은 진정한 생의 아름다움을 향해 내달린다. 그러나 마음의 지옥 또한 정신과 몸에 배어 있는 자기의 일부라는 사실을 아는 자에게 그 내달림은 두려운 것이다. 그는 자신의 일부를 스스로 부수지 않으면 결코 한 발짝도 내딛을 수 없다는 생의 아이러니를 아는 자이기 때문이다. 이 앎은 고통이면서 동시에 고통을 밀고가는 에너지이다. 시집 『너무 많은 입』은 자기의 지옥을 내파하면서 부드럽게 굽이치는 생의 곡선에 도달하고자 하는 간절함 가운데 탄생한다.

> 작은 꽃이 언제 다른 꽃이 크다고 다투어 피겠습니까
> 새들이 언제 허공에 길 있다고 발자국 남기겠습니까
> 바람이 언제 정처 없다고 머물겠습니까
> 강물이 언제 바쁘다고 거슬러 오르겠습니까
> 벼들이 언제 익었다고 고개 숙이지 않겠습니까
>
> 아이들이 해 지는 줄 모르고 팽이를 돌리고 있습니다
> 햇살이 아이들 어깨에 머물러 있습니다
> 무진장 좋은 날입니다
>
> ──「좋은 날」 전문

꽃과 새와 바람과 강물과 벼와 아이들이 순리를 따라 자기의 팔 다리를 놀리고 있는 맑고 유순한 풍경을 보며 시인은 '무진장 좋은 날'이라고 말한다. '무진장 좋은 날'은 그러나 천양희의 『너무 많은 입』에서 드물게 발견된다. 그는 모든 사물이 자기자리에서 평화롭게 피어나는 행복의 순간에 도달하려면 열정을 다해 내면의 힘을 퍼 올리지 않으면 안된다는 진실을 이 시집을 통해 유감없이 보여주고 있다. 행복한 것, 아름다운 것, 다시 말해 부드러움으로 넘치는 서정적 언어를 자신의 원고지 위에 파종하기 위해 얼마나 많은 '파지의 폐허'(「파지」)를 지나야 하는지를, 또 얼마나 많은 눈물과 소리침과 찔림이 있어야 하는지를 보여주는 것이다. 이 시집의 지극한 매력은 여기에 있다. 한 장면의 행복한 풍경이, 한 편의 아름다운 서정시가 저절로 이루어지는 것이 아님을, 그것에 도달하기까지 무지하게 땀(「시인은 시적으로 지상에 산다」)을 흘리며 거듭 마음을 단련하지 않으면 안된다는 것을 그는 생체험을 통해 드러낸다. 이것이 이 시집을 끝끝내 읽게 하는 힘이다. 앞의 시 「좋은 날」이 맑고 아름다운 풍경을 묘사하고 있음에도 불구하고 눈물겹게 느껴지는 것은 이 때문이다. 그는 행복과 진실의 어긋남을 얼마나 깊이 체

험한 것일까? "누구에게나 무서워 울면서도/가야 할 길이 있는 것"(「최고봉」)이라고 시인은 말한다. 무서움과 두려움을 밀쳐내며 가야 하는 생의 뒤편에는 무엇이 있는 걸까?

> 성당의 종소리 끝없이 울려퍼진다
> 저 소리 뒤편에는
> 무수한 기도문이 박혀 있을 것이다
>
> 백화점 마네킹 앞모습이 화려하다
> 저 모습 뒤편에는
> 무수한 시침이 꽂혀 있을 것이다
>
> 뒤편이 없다면 생의 곡선도 없을 것이다
>
> ──「뒤편」 전문

성당의 첨탑에서 울려퍼지는 낭랑한 종소리보다 그 뒤편에 박혀 있을 무수한 기도문을 먼저 생각하는 사람, 백화점 마네킹의 화려한 앞모습보다 그 뒤편에 꽂혀 있을 무수한 시침을 먼저 떠올리는 사람, 그의 날카로운 시선을 느낄 때 나는 전율한다. 생의 뒤편을 꿰뚫고 있는 자의 내면에 누적되어 있을 고통과 그 고통이 만들어낸 통찰의 깊이가 동시에 전해지기 때문이다. 예를 들어 그의 다른 시 「별자리」에서 "어둠을 짊어진 채 하늘 한쪽 바라보니 / 숨은 별들의 내력을 알 것도 같다"와 같은 구절 또한 '뒤편'에 대한 고통과 통찰 없이는 생성될 수 없는 표현이라 할 수 있다. 이때 간절함과 통증으로 가득한 생의 뒤편이 없다면 '생의 곡선'도 없다는 깨달음을 얻기까지 견디며 다시 솟구쳐야 했던 생의 시간에 대해 나는 상상해보게 된다.

직선으로 뻗어 있는 냉혹한 시간을 곡선의 부드러움으로 휘어지게 하기 위해서는 존재의 정신 또한 곡선적인 것으로 가다듬어져야 한다. 그것은 마음의 모서리를 깎고 둥글게 만드는 일일 것이다. "나는 살아서도 구른다 / 구르면서도 산다 // 구를 때마다 / 몸속의 어둠이 터져나온다 / 그때마다 / 텅 빈 몸이 텅텅거린다"(「물결무늬고둥」)고 시인은 고백한다. 몸속의 어둠을 몸 밖으로 여과시켜가는 운동성을 시인은 '구르다'로 표현하고 있는 것이다. 몸속의 어둠을 퍼내기 위해 구르는 동안 한 존재의 내면은 찢김과 생성을 동시에 경험할 것이다. 따라서 이 곡선 운동은 자기를 깎고 자기를 생성하는 통증 속에서 이루어진다. 그의 다른 시에서 보이는 "구르는 것들은 모서리가 없어 모서리 / 없는 것들이 나는 무섭다"(「구르는 돌은 둥글다」), "둥글게 살지 못한 사람들이 / 달보고 자꾸 절을 합니다"(「마음의 달」)와 같은 시구절은 이와 동일한 생의 방식을 내포하는 표현들이다. 그러나 한편 우리의 생이 지닌 다양한 변수가 그러하듯이 구르며 어둠을 비워낸 자리가 반드시 새로운 생성의 자리로, 즉 일 대 일 대응의 도식으로 이어지는 것이 아님을 시인은 내비친다.

　　많은 것을 잃고도 몸무게는 늘었다
　　언제부터 비명이 몸속으로 드셨나
　　근심을 밥처럼 먹고 병을 벗 삼아
　　자란 비명들
　　많은 것을 잊고도 몸무게는 늘었다
　　언제부터 비명이 맘속으로 드셨나
　　우울을 우물처럼 마시고 불안을 벗 삼아
　　자란 비명들

　　잃었거나 잊은 것보다
　　더 큰 생의 구멍이 있을까 탓하지 말자

　　　　　　　　　　　　　　　　—「구멍」 전문

많은 것을 잃고, 많은 것을 잊으며, 구르며, 둥근 것을 향해 절을 해도 또다시 몸속으로, 맘속으로 들어오는 비명과 근심과 불안 들은 그침이 없다. '잃었거나 잊은 것'으로 생겨난 생의 큰 구멍을 채우고 있는 것이 이것들이라니! 비명으로 몸과 마음이 채워지는 순간 우리의 생은 더없이 무겁고 허하다. 시인은 이를 '몸무게는 늘었다'고 표현한다. 이 무거움은 구르며 둥근 것이 되고자 하는 자의 처연한 마음을 그 자리에 주저앉히고 더이상 움직일 수 없게 붙잡아 묶는다. 시 「다시 한자리」에서 발견되는 "나무여, 나는 너무 오래/서 있다 나도 가끔/세상 주저 앉고 싶은 나무이다"나 「대대포에 들다」에서 "내 어둠이 나에게서 떨어지지 않는다 언제나 낮게/엎드린 포구 수평선 바라보다 나는 겨우 세상은 공평한가/묻고 말았다"와 같은 구절은 자신을 무겁게 짓누르는 생의 압력과 힘겨운 싸움을 벌이고 있는 시인의 초상을 대변해준다. 그런데 이와같은 삶의 비애 속에서도 내적 감상에 함몰되지 않는 것이 천양희 시의 또 하나의 매력이라 할 수 있다. 그의 시정신은 자기도취적인 얕은 서정이나 감상의 자폐성을 드러내는 나약한 서정을 엄격하게 제어한다. 자기도취나 감상에 빠지기에는 그의 생이 너무 무겁기 때문이다. 그는 주저앉고 싶어도 주저앉지 않는다. 아니 주저앉을 수 없다. 혼자서 감당하는 자의 엄격함(「목이 긴 새」)으로 자기의 마음과 몸을 쳐서 '생의 곡선'에 도달하고자 하는 지향을 포기할 수 없는 것이다.

> 시퍼런 것들의 저 서늘한 기운
> 오늘은 내가 붙잡고 가겠다
> 강 끝까지 해안까지 더 더 끝까지
>
> ——「마음의 경계」 부분

이 날선 언어들이 반사하는 푸른 섬광으로 그는 내적 비명과 근심과 불안을 베어내고 있음이리라. 같은 시에서 시인은 "깊은 물소리 듣지 않는다면 누가 / 강물을 밀어 해안까지 가겠는가"라고 말한다. 이때 "시퍼런 것들의 저 서늘한 기운"을 온몸을 열어 듣고 있는 자의 두려움과 추위를 나는 또다시 생각해본다. 두려움과 추위로부터 도망치지 않고 그것을 생을 밀고가는 동력으로 삼겠다는 저 발언은 삶이 얼마나 경건한 것인가를 일깨워준다.

2. 숭고한 바람으로 되살아나기

자기의 모서리를 깎아 둥근 것이 되기 위해 구르는 자는 아늑한 집으로 귀환하지 않는다. 그의 헐렁한 신발은 집 밖에서 떠돈다(「마들은 없다」). 마들로 수락으로 광화문으로 물가로 고하리로 자기를 몰고가야 하는 것이 그의 숙명이고 소명이다. 빛과 어둠을 번갈아 입고 벗으며 낡아가는 것을 낡아가는 대로 수락하면서(「옷 입다 생각하니」) 속으로 우는 것들의 소리를 들으며(「소리꾼」) 그는 집 밖으로, 자기의 헐렁한 신발을 무수한 길로 몰고 간다. 마음과 몸을 실내의 아늑한 등불 아래로 들일 수 없는 자의 고단함과 외로움이 여기에 담겨 있다. 그러나 고단함을 이겨내야 하는 절실함이 생을 압도할 때 존재의 신발은 열정으로 타오른다. 타오르는 열정적 존재는 그의 시에서 '바람'되어 생의 한가운데를 관통하는 것이다. 시인은 "잠시 눈감고/바람소리 들어보렴/간절한 것들은 다 바람이 되었단다"(「바람편지」), "절벽을 타고 내려오는 바람소리 골짜기만큼/깊어집니다 제 속에다 간절함을 품은 까닭입니다"(「오래 젖은 집」) "피고 싶은 몸에 바람이 차오른다/피고 또 피워도 바람뿐이다"(「이상난동」)라고 말

한다. 천양희의 시에서 바람은 구르는 자가 존재를 일으
켜세우기 위해 쏟아내는 에너지의 절정으로 의미화된다.

바람이 일어선다 나무가 서 있는 곳은 초록빛 생명
으로
가득 차 있다 나무는 영원한 초록빛 생명이라고 누
가 말했더라
숲을 뒤흔드는 바람소리 「마왕」곡 같아 오늘은 사람
의 말로
저 나무들을 다 적을 것 같다 내 눈이 먼저 하늘을 올
려다
본다 비가 오려나 거위눈별이 물기를 머금고 있다
먼 듯
가까운 하늘도 새가 아니면 넘지 못한다 하루하루
넘어가는 것은
참으로 숭고하다 우리도 바람 속을 넘어왔다 나무에
도 간격이
있고 초록빛 생명에도 얼음세포가 있다 삶은 우리의
수난
목숨에 대한 반성문을 쓴 적이 언제였더라 우리는 왜
뒤돌아본 뒤에야 반성하는가 바람을 맞고도 눈을 감

아버린

　것은 잘한 일이 아니었다 가슴에 땅을 품은 여장부
처럼

　바람이 일어선다

—「바람을 맞다」 전문

　숲을 뒤흔드는 바람소리를 사람의 말로 다 받아적고 있
는 이 시의 시적 화자는 비천한 우리의 내면을 저 신성한
바람으로 닦아낸다. "가슴에 땅을 품은 여장부처럼" 일어
서는 바람은 대지를 일으켜 세우는 수직의 에너지이다.
수평적 세계로 잦아드는 지상의 목숨들을 뒤흔들어 천공
으로 끌어올리는 바람의 수직성은 그러나 온몸을 휘고
구부리는 곡선의 운동으로 이루어져 있다. 강인하면서
유연한 바람의 동력은 '구르는 존재'가 취하는 극단의 운
동성인 것이다. 주목할 것은 천양희의 '바람'이 이중의
의미를 내포하고 있다는 점이다. 즉 바람은 간절함을 품
은 존재가 내적 어둠을 닦고 스스로를 일으켜세우기 위
해 감행하는 '시련'과 '자기생성'을 동시에 의미한다. 바
람의 뒤흔들림을 감당한 후에 '초록빛 생명'은 되살아날
수 있으며 새들은 비로소 하늘을 넘을 수 있는 것이다.
마음속에서 일어서는 열정적 바람을 견뎌낼 수 없는 자

는 그 바람에 스스로 넘어질 것이다.

시인은 "하루하루 넘어가는 것은 / 참으로 숭고하다 우리도 바람 속을 넘어왔다 나무에도 간격이 / 있고 초록빛 생명에도 얼음세포가 있다"고 말한다. 지치고 고달픈 사람에게, 자신의 삶을 더이상 사랑할 수 없는 사람에게, 인생을 증오하는 사람에게, 그리고 생명을 포기한 사람에게 이 이상의 위로가 어디 있겠는가. "바람 속을 넘어왔"던 사람들을 누가 감히 비천하게 여기겠는가. 모든 생명이 지니고 있는 '얼음세포'를 바람의 동력으로 딛고 가는 존재의 시간은 존엄하다고 시인은 말하고 있다. 그 바람은 존엄함을 포기하지 않는 자의 내면에서 일어선다. 그렇기 때문에 바람을 풀무질하는 자의 뜨거운 내면은 크고 깊다. 바람을 일으켜세우는 일, 그것은 고여서 썩으려 하는 내면에 균열을 일으키고자 하는 존엄한 존재의 숭고한 자기갱생력인 것이다.

제 이름 부르며 스스로 울어봐야지
제 속의 비명을 꺼내 소리쳐봐야지
소나기처럼 땅에 패대기쳐봐야지
바람에 몸을 길들여봐야지
늪처럼 밤새도록 뒤척여봐야지

눈알 속에 박힌 모래처럼 서걱거려봐야지
사랑 때문에 허리가 남아돌아봐야지
어느날 문득 절필해봐야지
죽으라고 살기 위해 잡문을 써봐야지
사람 때문에 마음바닥이 쩍쩍 갈라져봐야지
끊었던 담배를 다시 피워봐야지
마침내 갈 데가 없어봐야지

그때야 일어날 마음의 지진

————「마음의 지진」전문

　'바람에 몸을 길들'이는 것은 어느 한곳에 정주하는 삶
과 반대의 방향으로 나아가는 일이다. 바람에 몸을 길들
일 때 삶은 아름다운 형용사의 수식을 벗어나 격렬한 동
사의 세계로 이행한다. 울고, 소리치고, 패대기치고, 뒤
척이고, 서걱거리고, 절필하고, 갈라지면서 자기의 내부
를 몽땅 허물어버리는 것이 곧 바람에 몸을 길들이는 일
이다. 그것은 "마침내 갈 데가 없"는 곳으로 자기를 부리
는 위태로운 삶의 기획이다. 스스로를 쓸어내고 폐허가
되는 이 지점은, 그러나 천양희의 시에서 추락의 공간을
의미하지 않는다. "마침내 갈 데가 없어봐야지"라고 말하

는 단호한 다짐 이면에는 지리멸렬한 생을 다시 일으켜 세울 수 있다는 팽팽한 자신감이 내재한다. 이 다짐은 준엄하게 씌어진 "목숨에 대한 반성문"(「바람을 맞다」)인 것이다. 해서 더이상 갈 데 없는 그 끝지점에서 '마음의 지진'은 생성된다. 두렵고 고통스럽지만 이 균열은 마음이라는 거대한 우주를 재편성하는 신생의 조짐이라 할 수 있다. 시인은 "첫 눈을 뜰 때 나는 무엇을 보았을까 하늘보다는/나는 새를 물보다는 물 건너가는 바람을 보았기를 바란다"(「물가에서의 하루」)고 적고 있다. 사물의 운동성에 그가 애착하는 이유는 '동사'의 격렬함만이 살아 있는 존재를 증명해줄 수 있기 때문이다.

3. 자기에 이르는 길

한 존재의 물리적 크기를 광활한 우주에 비한다면 너무나 작은 것에 불과하겠지만, 존재의 내면은 생의 모든 사건과 의미가 갈마드는 입구이며 출구라는 점에서 그 크기는 무량에 가까운 것일 수도 있다. 따라서 '나'를 단련하는 일은 '거대한 생'의 서사를 다시 쓰는 일이며 이는 또한 "사람같이 산다는 것"(「물에게 길을 묻다3―사람들」)

의 의미를 되묻는 일이 될 것이다. 그러나 세상에서 가장 낯설고 견딜 수 없는 존재는 자기자신일지도 모른다. 그 무엇도 아닌 자기자신의 내면을 스스로 어찌할 수 없는 순간을 경험할 때 우리는 자기의 한계를 명확하게 인식하게 되기 때문이다. 이는 나 자신을 어찌할 수 없다는 절망감과 '나'를 지탱하지 못하는 게 바로 '나'라는 두 겹의 고통을 함의한다. 따라서 자기에게 온전히 실려오는 자기의 무게는 세상에서 가장 무거운 것이 될 수 있으며, 이에 대한 강렬한 인식은 세상에서 가장 치열한 싸움을 예고하는 것일 수 있다. 천양희가 보여주는 '둥근 것에 대한 기원'은 이와같은 치열한 자기와의 싸움을 뜻한다. 그는 바람이 되어 구르고 휘어지면서 온전한 자기에게 이르고자 하는 것이다.

가파른 길 내 길처럼 걸어갈 때 나도 그랬을 것입니다 멀리 가야

많이 본다······ 세상에서 가장 먼 길은 머리에서 가슴까지

가는 길이었습니다 모든 생은 자기에 이르는 길이었습니다 길의

모든 것은 걷고 싶지 않아도 걷게 되는 것입니다 들

판 너머 길 하나

　산 너머 길 바라다봅니다 길의 끝은 멀고 그리고 가
파릅니다 고갯길은

　힘든 그 어떤 것도 넘겨주질 않습니다 나는 몇번이
나 그 길

　넘었습니다 고갯길은 벗어나도 벗지 못하는 업도 있
습니다 눈부신

　햇살도 모든 어두움을 사라지게 할 수는 없는 것입
니다 누구든 다시

　쓰고 싶은 생이 있겠습니까 앞길밖에 길이 없겠습니
까 가다보면

　길이 되는 것 그것이 오래 기다린 뒷길일 것입니다

—「뒷길」 부분

　시인은 "세상에서 가장 먼 길은 머리에서 가슴까지 / 가
는 길이었습니다 모든 생은 자기에 이르는 길이었습니
다"라고 고백한다. 인간의 내면이 무량에 가까운 것이라
면 '머리에서 가슴까지 가는 길' 또한 무량에 가까운 거리
일 것이다. 그곳에는 무수한 들판과 산과 가파른 고갯길
이 있다. 자기에게 이르고자 하는 자는 이 길을 몇번이고
가야 한다. 여기서 한 가지 중요한 사실을 발견하게 되는

120

데, 단숨에 알아질 수 없는 진실, 명료하게 드러나지 않는 생의 비의, 고통의 반복체험을 통해 깨닫게 되는 생의 길 등을 시인이 행간걸침(enjambment)의 기법으로 드러내고 있다는 점이다. 앞의 행을 뒤의 행에 잇대어놓는 행간걸침의 기법은 간결하고 쾌활한 호흡을 방해함으로써 화자의 힘겨운 보행을 암시해준다. 시인은 행간걸침을 통해 생의 무게를 홀가분하게 벗어던질 수 없는 고통의 지연 상태를 보여주는 것이라 생각된다. 『너무 많은 입』의 다른 시편들에서도 행간걸침이 자주 사용되고 있는 것 또한 이와 무관하지 않게 여겨진다.

고통스럽게 반복되는 생의 도보고행을 통해 우리가 얻게 되는 진실은 무엇인가? 그것은 창공을 날아오르는 멋지고 후련한 초월이 아니다. 아무리 벗으려 해도 벗을 수 없는 업(業)이 있다는 사실, 아무리 밝은 햇살도 모든 어둠을 사라지게 할 수는 없다는 사실을 생의 가파른 길이 일깨워주는 것이다. 그러나 이러한 깨달음은 "가다보면 길이 되는 것"이 있다는 사실 또한 일깨워준다. 자기의 의지로 어찌할 수 없는 것이 있다는 사실을 알게 되는 것이야말로 삶의 비의를 깨우치는 일이며, 그 깨우침이 마침내 '오래 기다린 뒷길'을 열어놓는다고 시인은 말하고 있는 것이다. 이러한 인식은 자기에게 온전히 실려오는 자기의 무게로부터 존재를 해방시킬 가능성을 갖는다. 생의 무게를 겸손하게 받아들이는 자는 싸움을 포기하는 자가 아니라 싸움을 화해로 이끄는 지혜로운 자이기 때문이다. 이때 그의 마음의 크기는 한없이 깊고 넓은 것으로 변화한다. 그렇다고 해서 삶이 완성되는 것은 아니다. 시인 스스로 "결과보다 과정을 중시하는/나는 등로주의자"(「등산과 입산」)라고 고백하는 것처럼 삶에는 완성이 있는 것이 아니라 가늠할 수 없는 깊이만이 존재할지도 모른다. 천양희에게 그 깊이를 새롭게 만드는 방식은 그 무엇도 아닌 '시쓰기'라 할 수 있다.

벌새는 1초에 90번이나
제 몸을 쳐서
공중에 부동자세로 서고
파도는 하루에 70만번이나
제 몸을 쳐서 소리를 낸다

나는 하루에 몇번이나
내 몸을 쳐서 시를 쓰나

——「벌새가 사는 법」 전문

이 시집의 대미를 장식하고 있는 「벌새가 사는 법」에서 우리는 다시 한번 자기의 몸을 쳐서 바람을 일으키는 시인과 만나게 된다. 벌새가 1초에 90번이나 제 몸을 치는 것이나 파도가 하루에 70만번이나 제 몸을 치는 것이 생존을 위한 존재 확인이라는 절박한 몸놀림을 함축하고 있는 것처럼 천양희에게 시쓰기는 그와 동일한 의미를 갖는다. 시인은 또다른 시 「시인은 시적으로 지상에 산다」에서 "정신이 밥 먹여주는 세상을 꿈꾸면서 / 아직도 빛나는 건 별과 시뿐이라고 생각하면서 / 제 숟가락으로 제 생을 파먹으면서"라고 고백한다. 이 비장한 고백에는 비천한 세계를 가로지르는 정신주의자의 숭고함이 담겨 있다. 「소리꾼」에서는 "울린다 저토록 세상이 속으로 울다니! 속으로 / 우는 것들은 소리도 힘이 된다는 걸 안다 울어라 / 시여 자고 일어나 울어라 시여 시 하나로 / 세상 울릴 때 너는 소리꾼인 것이다 소리의 / 꾼인 것이다"라고 말한다. 시퍼런 것들의 저 서늘한 기운을 끝까지 붙잡고 생의 강물을 대해로 밀고가는 그를, 얼음세포를 지고 저 바람의 언덕을 넘어온 그를 나는 진정한 소리꾼이라고, 소리의 꾼이라고 감히 말하고 싶다. 마지막으로 이 소리의 꾼이 들려주는 무진장 외로운 절창 한 편을 여기에 적는다.

재잘나무 잎들이 촘촘하다 나무 사이로 새들이
재잘댄다 잎들이 많고 입들이 너무 많다

이(李) 시인은
마흔살이 되자
나의 입은 문득 사라졌다
어쩌면 좋담,이라 쓰고 있다
그런데 어쩌면 좋담
쉰살이 되어도 나의 입은
문득 사라지지 않고
목쉰 나팔이 되어버렸다
어쩌면 좋담?

다릅나무 잎들이 촘촘하다 나무 사이로 새들이
다른 소리를 낸다 잎들이 다르고 입들이 너무 다르다
                                    ──「너무 많은 입」 전문

嚴景熙 | 문학평론가

시 생각만 하다가 무엇인가 놓쳤다
놓친 것이 있어
시 생각만 했다
시 생각만 하다가 무엇인가 잊었다
잊은 것이 있어
시 생각만 했다
시 생각만 하다가 세상에 시달릴 힘이 생겼다
생긴 힘이 있어
시 생각만 했다
그토록 믿어왔던 시
오늘은 그만 내 일생이 되었다. 살아봐야겠다

2005년 4월
천양희

창비시선 245

너무 많은 입

초판 1쇄 발행 / 2005년 5월 6일
초판 14쇄 발행 / 2026년 1월 5일

지은이 / 천양희
펴낸이 / 염종선
편집 / 김정혜 문경미 안병률 강영규 김현숙
미술·조판 / 정효진 한충현
펴낸곳 / (주)창비
등록 / 1986년 8월 5일 제85호
주소 / 10881 경기도 파주시 회동길 184
전화 / 031-955-3333
팩시밀리 / 영업 031-955-3399 편집 031-955-3400
홈페이지 / www.changbi.com
전자우편 / lit@changbi.com

ⓒ 천양희 2005
ISBN 978-89-364-2245-5 03810